我的民谣

——小曲一唱解心宽

周所同 著

山西出版传媒集团 ⑬ 三晋出版社

我的民谣（代序）

拉起胡琴弹起弦
好死赖活解心宽

活着活着，大事小事都成往事
爱的恨的迷恋过的，记住的
也是忘记的；内心的波涛和微澜
也是流水，背对高处一直流向低地
云彩、水草、游鱼和卵石
拐弯时，相互说话又相互听见
如白天黑夜，愈是用旧愈是新的

难活是心，流泪不一定是眼睛
弯腰受苦与爱与美都是一件事情
卑微、贫寒，活在死里的人啊
脱掉一件破衣，换上另一件烂衫
匍匐、爬行，只为够着一只灯盏
自由！死去活来的自由
从十指相扣到嘴对嘴亲吻
尖刺栅栏上爬满受伤的玫瑰

和一再袭来的霜寒

隔夜雨滴下在来世的天空
玩泥巴的孩子也是父亲母亲
我的嗓音如果能叫醒他们的耳朵
他们的眼睛如果认出我是放羊的孩子
多么有缘！没有距离的秘密
不用保守，如果我还活着
还会再次爱上他们！
如果死去，就死死记住他们！

目 录

想亲亲

高山上盖庙还嫌低
面对面坐下还想你

指尖碰着指尖，手拉手想哩
脸贴着脸，耳鬓厮磨想哩
一床被子伙盖上，心挨着心想哩
你亲我我亲你，嘴对着嘴想哩

走了想回来想，梦里梦外想呢
刮风想下雨想，知冷知热想呢
反也想正也想，黑白颠倒反正想呢
上天想入地想，神鬼不分胡乱想呢

渴了饿了，水米不进地想咧
咳嗽感冒，比药苦比病疼着想咧
纽扣、针尖、线头在衣裳上想咧
萝卜白菜加上盐，在锅里咸咸想咧

魂想你命想你,生死也想你
海枯石烂,留下天长地久还想你
想亲亲想亲亲,骑上大马赶上鸡
这辈子高低我就想你……

挂红灯

正月十五那挂红灯
单等那五哥来上工

檐上霜草挨着檐下灯笼
风一吹,瓦片的翅膀就飞
俺就害羞,跟着那灯笼脸红

放羊的五哥哥从哪条路上回来
问过丈二高的阳婆再问月亮
俺的心病像当铺里的白银

眼睛一看,它就发烧
耳朵一听,它也会怕疼
忽冷忽热的脉动连着五哥哥的体温

早也等晚也等,从白到黑等
单等五哥来上工,加上一双碗筷
忘了茶饭不吃不喝地等

等得俺心里的小兽梦见大海

萝卜白菜换上老虎的衣裙

咬一口五哥哥,留下俺爱的伤痕

2013 年 6 月 3 日于北京

兰花花

十亩地里那个一棵棵苗
十三省女儿就数兰花花好

你穿衣,草就绿了
你一笑,花儿就开了
你唱歌,树上的鸟儿哑了
你梳头洗脸,月亮在黑夜圆了
你走路,杨柳跟上摆三摆了
你流泪,露水在草尖上哭了
你欢喜,纽扣也会蝴蝶一样飞了
你害羞,云彩的脸就红了
你想念,心跳的石头里点着灯了
你恨你爱,冰是水,水也是火了

你小的时候我就爱上你了
你慢慢长大,我也突然老了
我也姓周,但不是抢你的那个恶霸
有过一点点邪念,我已改了

你要是读到这首土里土气的诗

我或许又聋又哑又瞎地悄悄走了

2013 年 6 月 4 日于北京

圪梁梁

我在圪梁梁上你在那沟
说不上知心话招一招手

闹心的老是离得远
老是狗日的距离,妹妹
我要是豁出去赌上命不管生死
跳下来,你敢不敢接住我
要命的妹妹

说实话,你要是不嫌我穷我苦
我就是富农、老财和地主
用风垒墙,用雨盖屋,用霜雪为你
镶上玻璃,你就安心住下来
用青草为我们生育儿女,妹妹

有一粒米你吃吧,我就饿着
有一盏水你喝吧,我就渴着
油灯、土炕、火炉守着你

守着咱们的牛羊,要命的妹妹
我就是爱死你的那个穷鬼

招一招手,知心话就说给知心人了
两棵灯芯草扭在一起,妹妹
你点灯我熬油,就是火焰爱上灰烬
相好一辈子,像海水煮盐
你蓝我咸,只有手拉手的距离

2013 年 6 月 2 日于北京

赶牲灵

走头头的骡子哟三眼眼灯
铜铃铃一响那个哇哇的声

下雪的白毛巾
着了火的红腰带
妹子,褡裢里捎上想你的云彩

我是回家的羊只、赶路的石头
河套风吹远又吹近的尘埃
是不大大的小青马离开了口外

渴了喝点露水,饿了吃一把莜麦
前半晌打雷后半晌下雨,妹子
我是你的蚂蚁,爬也要爬着回来

尘世上,难活不过人想人
赶牲灵挣些钱全给妹子买穿戴
招一招手,我就拖泥带水哭出来

脸对脸说话嘴对嘴亲,妹子
从此,铡草刀砍头再也不分开
要活一个碗里活,要死就一个土坑里埋

2013 年 5 月 12 日于北京

走西口

哥哥你走西口
妹妹我泪长流

把留不住的带上走
把带不走的留下走

丢下小路跟上大路走
带上盘缠留下恓惶走
刮风下雨多穿几件衣裳走
人多眼杂少惹些是非走
白天阳婆走,黑夜月亮走
坐船走住店走,格外小心着走
冷呀,热呀,饥了,渴了
就替我照顾着自己走
灰世道逼得人穷命穷走西口
为了活,就是死也要走

想你,带上我的相思走
爱我,留下你的爱情走

哥哥,亲亲你抱抱我再走

梦里梦外咱们相跟上走

眼瞎了用耳朵走,耳聋了用嗓音走

口里的人儿口外走,哥哥

多远多久的路上,我等着你往回走

2013 年 5 月 23 日于北京

眊妹妹

桃花红来杏花白
翻山越岭眊你来

相好的人儿总是隔个远
思谋容易见面面那个难

光棍汉爱上一双毛眼眼
黄金白银不如妹妹红脸蛋

梦里眊你亲了一下脸
醒来美得我愣了大半天

瞳仁仁里眊你眼对眼
是黑是白我看不厌

纽扣扣眊你穿针线
有牵有挂全凭伤痛连

墙头上跑马窄也是宽

悬着心盼你就赌一把险

骑上大风盼你扬起那鞭
一双布鞋就敢翻过两座山

想你爱你我钻进牛角尖
盼你的路上像盼着过大年

桃花杏花咱们先订个生死缘
十五的月亮就会十六圆

2013 年 5 月 30 日于北京

瞭哥哥

山在水在石头在
人家都在你不在

瞭就是等哩,等
就是想咧,想就是爱呢
爱就是亲呀,亲亲
人家都在你不在
就是秋后的蚂蚱不跳啦
你走了妹妹没靠啦

大早起瞭你,瞭得阳婆落了
黑夜里等你,等得天又亮了
数着米粒想你就是加上碗筷想你
短针纫上长线牵你挂你,就是
减去寒暑千补百衲爱你亲你

亲亲,你刮了野鬼我守了寡
等你等得腿软,瞭你瞭得眼瞎
想你想得心疼,哥哥

我是洪水忍不住决了堤坝

我就是爱你亲你的泥沙

2013 年 6 月 14 日于北京

信天游

白羊肚手巾三道道蓝
信天游一唱呀解心宽

灰麻雀落在草棚屋檐
塬上离你不远,种下苦荞
就割莜麦,镰声离你不远
吃草的小毛驴背着大雪里的黑炭
寒暖离你不远,反穿皮袄的人
也是扎草绳的人,风雨离你不远
娶不起媳妇只好打伙计的灰鬼
恓惶离你不远,喊一声哥哥
应一声妹妹,心跳脸红离你不远
谁在圪梁梁上唱了几声信天游
三调三弯,土里土气的我离你不远

铜唢呐的嗓音,土窑里的灯盏
扎上白毛巾红腰带,就爱上
兰花花的衣衫,苦难不说忧愁
贫困咬紧牙关,生死之间

你是忍耐的牛羊、豁达的山川
我说离你不远,其实离你很远
刚吼了一声眊妹妹、刮野鬼
就被我老婆瞪了一眼……

2013 年 5 月 18 日于北京

亲圪蛋

亲圪蛋下河洗衣裳
双圪膝跪在石头上

指尖上的漩涡顺着指尖流淌
袭人的辫子刘海倒影跟着流淌
不动的石头纹丝不动地流淌

小亲亲,把你的好脸扭过来
小爱爱,把你外毛眼眼瞭过来

我是那不动的石头、流淌的秘密
喜欢被你搓洗的衣裳
是河滩上向你悄悄走近的牛羊

你说扭过俺就扭过来
好脸儿要配那好人才

我没有多少银钱只有一群羊
自知配不上你那俊模样

只想和你拉上几句悄悄话
哪怕死,我也愿意死在你心上

交朋友交心慢慢来
想洗衣裳你就这搭脱下来

亲圪蛋,一句话说得我浑身痒
好比那石头流泪长翅膀
想飞不敢飞,想落又不敢落
心慌慌,丢下一件烂衣裳

2013 年 5 月 29 日于北京

打樱桃

樱桃好吃树难栽
小曲好唱口难开

鸟声描眉，花香洗脸
樱桃一红佩上草露耳环
哎呀，多像要命的二妹妹
风尘尘不动站在面前

我心里藏了个脸红害羞的鬼
想看眼花，想说舌短
活似偷油耗子吃了一把咸盐

新打的樱桃又酸又甜
双手递给二妹妹尝个鲜
你不说不笑也不接，哎呀
慌得我灰头土脸像颗山药蛋

假装风沙吹来迷了眼

你要是递来一块小手绢

我就背上干粮替你饿三年

瞭见我窘你还是不言语

红丢丢的阳婆阴了天

斗着个露珠胆子拉住你的手

舍生舍死不舍这个缘

哎呀呀,推倒墙头拔了草

一颗樱桃嘴对嘴咬

天王老子来了也不管

2013 年 5 月 21 日于北京

五哥放羊

一不滩滩杨柳刮大风
五哥哥放羊呀在山顶

你在山上下雨
我在山下刮风
这是我想出来的
想的想的心就乱了、慌了

爹不知道，娘不知道
我喜欢你，想和你一辈子相好
心上有谁就是谁
我是谁？你不知道

红缨缨绿穗穗的鞭梢
离你最近的露水和青草
五哥哥，这也是我想出来的
想着想着，我就变成一只羊羔

饿了吃草，困了睡觉

要是累了就藏进你的怀抱
你是大羊，我是小羊
跟上你咩咩叫着该有多好

这是瞒着爹娘想出来的
也是给你纳鞋绣荷包想出来的
我是谁？谁就带着这群羊嫁给你
你要是还不知道，简直是个大笨蛋了

2013 年 6 月 12 日于北京

骂媒婆

没头鬼的媒婆丧良心
闪得俺嫁给个大灰人

白眼珠晴来黑眼珠阴
左右耳朵里下雨又刮风
看你一脸坏天气
舌尖上溜冰滑倒了人

骂一声媒婆没头鬼
上下嘴唇拉开两扇门
谁进谁出谁受骗
你数银钱俺就卖了身

剥你的皮抽你的筋
咬紧牙关骂你也不解恨
扎上个纸人烧死你
叫你三生六世不转生

最后把你告到阎王殿

五花大绑动酷刑

吃的骗的东西全给吐出来

白花花银子血一样红

2013 年 6 月 12 日于北京

柳叶柳

对坝坝圪梁梁上那是一个谁
那就是我要命的二呀二妹妹

萝卜白菜手拉着手
树影人影高低相好上走
风吹心动像那柳叶柳

袭人的眉眼隔着一条沟
好比醉汉喝不上稀罕的酒
柳叶柳,瞭你一眼呀解忧愁

尘世上留下个人爱人
柳叶柳,千万不要嫌我丑
你要下雪我就白了头

公鸡垒窝母鸡下蛋,柳叶柳
你疼我爱就是活着的理由
就是海枯石烂加上天长地久

叫一声妹妹,喊一声哥哥

柳叶柳,要命的回声抖了三抖

我的粗布衣裳一下子变成了丝绸

2013 年 6 月 13 日于北京

鸳鸯调

见了妹妹亲了个嘴
肚里的生铁化成水

鸳是一只鸟,鸯是另一只鸟
两只加起来等于一只鸟
风的翅膀,水的羽毛
等于一盏或者两盏灯心跳
相互弯曲的脖子水一样缠绕

妹妹,守着一条河水
等于我俩就是鸳鸯鸟了
谁也离不开谁,两只鸟也是
一只鸟,等于我就是你了

雪在夜里下着
等于黑在白里飘摇
我的左脸贴着你的右脸
我亲了你,你亲了我
等于我肚里的生铁化成水了

等于相互看了一眼就爱了一生
两个人长着一颗心，即便棒打来
我们还是比翼的翅膀、连理的枝条

2013 年 5 月 20 日于北京

相思调

头一回眊你你不在
你爹打了我两烟袋

你爹是石头你娘是泥
两个人垒墙挡住我和你
人想人好比跟上了鬼
一拦二挡三不由谁

饮马的石槽里倒满了水
好看的云彩上坐着你
青草咩咩跟着那牛羊跑
你抱上羊羔藏在野花耳朵里

下雨的草帽，刮风的树枝
落霜的针线为我捎来温暖的寒衣
守着妹妹这盏心疼的灯
就不怕你爹你娘的大风吹

梦里绕着你家院墙转三圈

梦外又被你爹打了我一棒槌

紧跑慢跑丢了一只鞋

想骂不敢骂，未来丈人惹不起

开门想你我怕哩

闭门想你我疼哩

没有什么可想的我就想你

我的心，只好这样半开半闭

2013 年 6 月 21 日于北京

脚夫歌

三十里明沙二十里水
五十里路上我碰见你

累了的阳婆,乏了的月亮
以苦为生的布鞋和扁担
朝着负重的方向

沙是尘土,水是饥渴
绕也绕不过去的穷是一条路
是灰头土脸的忧伤

走哇,好天气坏天气在走
走哇,好心情坏心情在走
走哇,为了活命的粮食和衣裳

二十里歇脚,三十里住店
五十里路上想起娃娃和婆娘
人呐,伤感的理由原来一模一样

走过无数条路,始终
被一条路走着,说出这句话
我的头上突然落下一场大雪或白霜

2013 年 6 月 24 日于北京

回口里

不大大小青马多喂二升料
三天的路程呀两天那个到

向东转过身来,西口外离我
渐渐远了。心上的人儿
慢慢地离我近了

风说回家,雨跟上来了
鸟说回家,云彩跟上来了
我说回家,不大大小青马跟上来了

风尘尘不动的天气凉了
思思谋谋就想你的月亮圆了
三天的路程两天就要到了

红头绳银手镯给你买了
花衣裳白纱巾粉胭脂给你买了
怀里的小镜子照见你好看的脸蛋了

妹子,口外的苦营生我已忘了
活着回来又能与你手拉手了
你看你看,狗尾草也怀上小娃娃了

2013 年 6 月 25 日于北京

刮野鬼

你刮野鬼我守寡
无依无靠恓惶煞

丢下家丢下我和娃娃
拦也拦不住，一拍屁股
你就走啦，这逼人的灰世道
唉！挪一步就是天涯

外面的世界再大再好
唉！没有围墙就不能算家
你刮了野鬼我守了活寡
娃娃喊爹，谁来回答

唉！灯花花一跳没油啦
檐头一阴就流泪啦
麻烦的心事说也说不清楚
满眼眼刮来埋人的黄沙

装一锅旱烟等你解乏

玻璃上画条路等你回家

你若听见就快些回来

唉！千万不要招惹路边的野花

2013 年 6 月 28 日于北京

扳船谣

天下黄河九十九道湾
九十九人都是扳船汉

船和扳船汉都是鱼，鱼和水
没法分开，顺流或逆向的风浪
都有漩涡，漩涡和凶险没法分开
流淌的山脉、田野、鸟虫和云彩
留下倒影，倒影里的天地没法分开
浣纱的手指和洗衣的菜花都爱
溪头的炊烟、杨柳与水井
爱跟这条大河没法分开
我的肤色、籍贯、姓氏和血脉
与泥沙俱下的波浪没法分开
黄河之水天上来的李白是大诗人
我是小诗人，都是扳船汉的儿子
他大我小，是兄弟就没法分开

2013 年 7 月 4 日于北京

打伙计

白生生的脸蛋毛眼眼
人里挑人就数你好看

要是能死在你的眼里
做一个色鬼或艳鬼多美
要是能死在你嘴里耳朵里
无论做个好鬼或灰鬼
被你念叨和听见该有多美
其实,我最想死在你的心里
死去活来爱一场要多美就有多美
亲亲,不要再骂我没头鬼
没了头的哥哥咋能亲你
今夜,月亮背着包袱越墙而过
不要点灯,不要惊动你家的汉子
那是我为你送来油盐柴米……

2013 年 7 月 3 日于北京

东方红

东方你就一个红
太阳你就一个升

放羊唱过赶车唱过扛长工唱过
没吃没穿的人和低处翻身的草木
唱过,唱过的人在心里一遍又一遍
唱过

纸唱过笔唱过节奏旋律色彩线条
也唱过,风唱过雨唱过大风和大雪
或冷或热也唱过,山唱过水唱过
三颗乳牙两鬓白发朝着一个方向
也唱过

西装喝着洋酒在酒吧里流行地唱过
地摊啃着干粮为房租忧伤地唱过
有钱的乌鸦和流浪狗越离越远唱过
爆炒马克思的人用鹦鹉的舌尖唱过

我也唱过,庄严唱时我叫周所同

流行唱时,真想抽自己一百零一个耳光

2013 年 7 月 7 日于北京

割莜麦

哥在山垴垴割莜麦
妹在半坡坡刨山柴

白毛巾花毛巾都是羊肚手巾
割莜麦刨山柴都是受苦的营生
哥的婆姨跑啦,妹的汉子死啦
灰锅冷灶的日子没法过啦

痒人的莜麦扎手的山柴
绳子一捆,罪人一样无奈
倒不如你跟哥哥走吧
两个人吃饭总比一个人香吧

山垴垴半坡坡都在这座山上
流汗流泪都在心上
一床被子伙盖上冷也暖啦
两双筷子两个碗又是一个家啦

2013 年 7 月 5 日于北京

光棍怨

大红公鸡那个毛腿腿
吃不上东西白跑了腿

总是把灯影想成婆姨
把满地乱跑的耗子想成孩子
想的想的我笑了又哭了
冷热不知像一堆炉灰
黑夜黑得太早白天又白得太迟
睡也不是醒也不是,想说说话
总是听见自言自语的墙壁

我没有婆姨,那只大红公鸡
没有母鸡,它叫的时候
我总是走神总是忘了撒些米粒

2013 年 7 月 4 日于北京

卷席片

大个个身子细飒飒腰
左看右看你哪搭都好

一瞭见你，我的心长了野草
乱乱的，那两只白兔子
在你衣裳里胸脯上，在我眼里
一动不动地乱跑

你看我一眼，眼是我的暗疾
喊我一声，嘴是我的伤口
你要是咳嗽，我就跟着伤风感冒
细腰一闪，我就疼痛、打摆
在你黑夜一样的长发上滑倒

和尚吃荤犯了戒了
你狐媚一笑我就落下病了
病是大病，逮不住那两只白兔子
怕是下辈子也治不好了

2013 年 7 月 5 日于北京

看秧歌

套上毛驴赶上车
拉上妹妹看秧歌

锣鼓响了三遍,秧歌扭了三遍
妹妹听了三遍又看了三遍
我没听没看,一遍又一遍只偷看
妹妹好看,袭人的脸蛋

我是俗人只有俗念
不管三七二十一
妹妹才是我爱的江山

回来路上,妹妹说秧歌
好看,我跟着说好看好看
最想说的话没好意思说出来
违心地抽了小毛驴一鞭
其实是自己抽了自己一鞭

2013 年 7 月 2 日于北京

南泥湾

　　花篮里的花儿香
　　听我来唱一呀唱

我到过这里，知道开荒的镢头
纺线的纺车，都是我的爹娘
识字的兄妹在草纸上写下名字
又擦去名字，带着一颗红星
两件灰布衣裳和三双草鞋走了
留下篝火、山丹丹和江南的草香

很远的硝烟，很近的炊烟
纠结在一起，是念中的故乡
被这只花篮提过来
我刚想唱一句，一阵尖叫
加上"洗刷刷"的声音
闹得电视的耳朵也受了重伤

2013 年 7 月 6 日于北京

闹元宵

雪打灯笼嘟噜噜转
瞭见那妹子抛媚眼

灯是红的雪是白的
扭在一起,冷也是暖的
龙是舞的绣球是耍的
水袖丝绸是柔的也是软的
妹子的媚眼是抛给我的

笙是箫的就像锣是鼓的
一吹一打,疼了都会响的
活着是难的,就像爱了是甜的
更是苦的,眉目传情是静悄悄的
隔着人山人海,我俩的秘密小一点
是蚂蚁的,大一点就是豹子和老虎的

2013 年 6 月 30 日于北京

酸曲儿

剥一回豆角抽一回筋
为一回朋友伤一回心

痴情的遇上花心的
倒霉,是八辈子没法比喻的
前晌说爱后晌变卦
一转眼,石头碎成了黄沙
我能说的不多,要走你就走吧
我想说的不少,像剪掉的一缕头发
不多不少的话不多不少
正好比喻我这个哑巴和傻瓜

2013 年 7 月 1 日于北京

绣荷包

碎花绸绸装艾草
绣对鸳鸯水上漂

草芽在针尖上绿了
花在丝线里红了
蝴蝶回来的路上艾草香了
河面上的鸳鸯漂过来了

五月的杏儿黄了
放牛的哥哥走过来了
谁在指尖上心跳
躲进荷包就看不见影了

女人一爱心就细了
男人一爱话就少了
这样想的时候我已老了
絮絮叨叨招人烦了

2013 年 6 月 28 日于北京

拉手手亲口口

拉手手呀亲口口
咱们俩一搭里走

羞死人的话儿一旦说出口
风刮过来,雨下过来
眼里的大水决堤漫了过来

篱笆拆了,墙头塌了
干柴烈火泼上油了
碰上皇帝老儿也不尿他了

鸟儿喂食口对着口
脸贴脸的野花也害羞
亲亲,好活不过死在你怀里头

你是水来我就是那土
捏上两个泥人儿手拉手
世上最美就是谁也不嫌谁丑

拉手手呀亲口口

哎呀，野天野地里一声吼

骑上老虎豹子咱俩一搭里走

2014 年 4 月 8 日于北京

三十里铺

提起那个家来家有名
家住绥德三十里铺村

尘世上的人儿都背着自己的行李
出门啦回家哩都走在路上

檐下的灰麻雀在眼里下雨
瓦上的雪花飞出鸟巢的翅膀
好天气坏天气都往回赶咧

河水拐弯它就响呢
树上的云彩招着手呢
四妹子爱上三哥哥
哎呀,我不想旁人光想你呢

刮风要关好下雨的门窗
天热了记着换下冷天的衣裳
四妹子,你是我的心上人
天不亲地不亲,我单亲你哩

不爱金不爱银,我单爱你哩

谁说人一穷命就苦啦
我说爱一穷活着等于死啦
妹子,你说什么我也跟定你啦

2014 年 4 月 2 日于北京

荆钗调

麻油那个点灯半炕炕明
烧酒盅挖米不嫌哥哥穷

日子是母鸡下蛋燕子垒窝
是柴草再湿也要生火
没银钱不要紧只要两个枕头挨着
是喊一声就听见答应
推开门就看见温热的土炕
是省下一粒米缸里就多了一粒米
是穷日子只能这样穷过

日子是布衣草裙不怕烟熏火燎
是捱过风雨还能相视微笑
是过了一天减去一天再加上一天
是两个人只长着一颗心
用眼睛说话耳朵记住嘴唇去听
是我的头发白了你也白了
是一辈子没说一句爱
却整整爱过一辈子了

余下的日子就是余下的话
我不说你不说只有老天爷知道

2014 年 4 月 9 日于北京

梨花谣

黑夜里含苞大白天开
明里暗里单等妹妹来

坏天气刮风
好心情下雨
妹子,你藏在哪疙瘩云彩

船是水的鞋子
土是路的尘埃
妹子,你从哪条道上过来

桃花最怕害羞
梨花喜欢表白
妹子,等你的露水渴死大海

墙头上栽葱
镜子里种花
妹子,草木想人头发也会变白

灰麻雀雀垒窝

狗尾巴草点灯

妹子,石头爱上石头也会怀胎

你是我今生的婆姨

我是你来世的死鬼

妹子妹子,两个枕头就是我们的小孩

2014 年 9 月 1 日于北京

那一年是哪一年

蓝蓝的铁轨跑火车
拉走了妹子留下我

活着活着人就老了
脚步慢下来,日子更快了

那一年的大雪还在下
风铃还在响,碎瓷还在疼
那一年还跟着那一年火车跑

我心里住着一只老虎或豹子
守着两只蚂蚁的秘密
那一年是哪一年
想的想的忘了又想起来了

那一年的青草燃烧为灰烬
捎信的大雁飞掉了翅膀
那一年,是一件又轻又重的

包裹,停在车站跑在路上
寄出一个人就收到两个人了

忘了哪一年就想起那一年
除了妹子,世间的事都是云烟

2015 年 1 月 1 日于北京

三生缘

一对对山羊并排排走
一辈子和妹妹手拉手

一颗心里住着另一颗心哩
两个小泥人手拉着手呢

风的衣裳缀着雨的纽扣
扯不断的线疼在针里

一分钟不短,加上两辈子不长
要死要活,就拖泥带水爱上一场

青草指环从来喜欢野花衣裳
一盏油灯替你减去暗夜的忧伤

你用爱吃糖果的眼睛说话
我用海水晒盐,先尝尽苦涩

一粒米止饿,两盏水解渴

三生路上，我只穿你纳的布鞋

石头无言，把灯点在心里
柴草取暖，你是火焰我就是灰烬

十指相扣却隔着千里之远
青丝到白发，旋起不舍的云烟

只能真实里虚无，短暂里永恒
相互再看一眼，就悄悄爱了一生

2015 年 1 月 13 日于北京修改

小曲儿

面迎黄土背朝天
小曲一唱解心宽

麻绳上的死结，石头上的青苔
贴心的记事的活着的
都从死里回来

高处的危险低处的深渊
坦露的隐忍的无奈的
只要心跳就能释怀

苦了累了加上爱了恨了
遭遇的日子愈咸，盐就淡了
往深里想，愈是大的愈是尘埃

不舍的是命不怕的是难不悔的是爱
我的江山小于露水低于草木
推开门，就是茫茫的大海

蚂蚁也有老虎豹子的心脏

皇帝只配替我放牛放羊

临了,谁的骨灰不是一样灰白

2015 年 1 月 27 日于北京

跑旱船

锣鼓一响手帕儿扬
瞭见亲亲呀心就慌

等待的就是想要的,亲亲
人山人海,我稀罕的只你一个

尘土里的旱路,水袖上的波浪
袭人的亲亲鱼一样游过来
美啊,瞭得我瞎了眼睛

船头的绣球船尾的飞绫
荷花灯笼爱上水草样双桨
亲亲,多像云端飘来的月亮

尘世上,弯腰的人劳累的人
苦中作乐才能活下来的人
都是吃草的牛羊,亲亲
浪一浪,我喜欢你撒野的模样

叫一声亲亲，我是锣鼓的耳朵
唢呐的嗓音，暗地里的相思
是离得远挨得近又够不着的忧伤
你若朝我看一眼或笑一笑

你不说我不说等于说了
狗日的皇帝老儿也不尿他了

2015 年 1 月 26 日于北京

剪窗花

毛眼眼呀巧手手
剪双鸟儿头挨头

一朵莲花两只蜻蜓
水里泥里,藏着白藕
毛眼眼一瞭,我就心虚

老虎背着幼仔,小鱼游向大鱼
巧手手解开月亮的包袱
我的窗前下起温暖的细雨

捎书的大雁报信的喜鹊
爱飞会唱的羽毛落在指尖
多么美,我却笨得没法比喻

红纸开花白纸下雪
头挨头的鸳鸯换上彩衣
哎呀,想得我肋下生出翎羽

前晌编好篱笆,后晌打开柴门
我的知音不羡高山流水
只喜欢这些又土又俗的根须

2015 年 2 月 1 日于北京

海红子

你吃哥哥的海红子
哥哥咬你的嘴唇子

人说,甜是苦的陷阱
草木也会蓄谋已久
你看,一树果子抢先替我红了

等在树下,等在等里
再短的时间也显得长了
黄的、红的、沙瓤瓤的果子
在风里,比自言自语的叶子轻了

唉,我的野心不大
只是让你尝一尝海红子
只是想亲亲你的小嘴

话挑明了,灯或许灭了
不要嫌我是没有脸皮的灰鬼
日怪的是偏偏爱上你了

石头墙漏风，土坯墙遇雨

化为稀泥，比如男人和女人

砌在一起才是一家的院墙

这是我想出来的，拦也拦不住

想着的日子，一天又一天

远了近了，黑了明了，长了短了

像鬼跟上我，我跟上你了

2015 年 2 月 4 日于北京

交朋友

墙头上跑马路不宽
初次交朋友心胆寒

晾衣绳上站个麻雀
颤颤的,酸枣还没红
刺是青涩的,拢翅的草鸡
睁一只闭一只眼假装下蛋的
你想的甚？俺是不知道的

知根知底是一句老话
天一句地一句往往是鬼话
罗门外,你又是咳嗽又是跺脚
闹得俺心里七上八下的
镜子里照见的蒿草乱乱的

云彩打闪是要下雨的
耗子偷油尾巴肯定着火的
谁给刺猬号脉谁就会挨针的

想说的话,你说了不算

俺说了不算,俩人说了才算

人变老美变丑,如果稀罕不变

俩人的爱,也是一个人的

一个人的家,才是两个人的

2015 年 2 月 8 日于北京

对花令

世上的花儿数不清
单爱小妹妹一朵红

红丢丢桃花白生生杏花
难比妹妹有红是白的脸蛋
薄寒里描眉微温时画鬓
点唇的腊梅换上迎春的衣衫
哎呀,蝴蝶就落在马莲的指尖

忧郁的苜蓿,爱笑的铃兰
薰衣草香减去野蔷薇紫色的伤感
哎呀,妹妹更像车前子蒲公英
我一边卑微一边贫寒地爱你
就像相思豆,在夜来香里失眠

哎呀,合欢花开过勿忘我又开
摘一朵雏菊插在妹妹的鬓边
野地里的草木珍惜露珠的秘密

风来雨去，花在果实就在

一齐活在死里，直到头上白雪变蓝

2015 年 2 月 25 日于北京

莲花落

白公鸡叫明红草鸡听
亲圪蛋是我的心上人

稀罕你,就是除了你
我不再稀罕别人
就是为你活为你死又为你
出生。天堂到地狱的路上
就是不再害怕炼火
稀罕你,就是稀罕燃烧和灰烬

我是伤口,替你疼痛
是瓦砾,只稀罕你的废墟
你撕裂我摧毁我就是重构我
如果我聋了哑了瞎了
就是稀罕你的耳朵嗓子和眼睛

人会老,石头也是灰尘
等于青丝变为寒霜或白银
我稀罕你就是喜欢你

不会改变。你是悬崖和深渊

我就是危险地一跃

除了你,我不会舍去卑微的一生

2015 年 3 月 1 日于北京

野地谣

咬嘴嘴呢吃果果
避开你那灰婆婆

我是光棍,你是寡妇
好比上坡下坡
只是路倒着走过

看一眼,可能忘记
多看两眼一定会记住
对眼了就是干柴碰上烈火

天蓝它的,路弯它的
不管三七二十一抱抱再说
野天野地的老树缠上了藤萝

咬你那小嘴吃你那果果
你推我就,只是假装羞涩
哎呀,眼泪里藏着一条大河

危险的事都会犯戒

只要不违心就不论对错

犯就犯了,大不了豁上死活

母鸡下蛋公鸡叫明

呼吸之间,翅膀挨着翅膀

不离不弃,多像温暖的草窝

2015 年 3 月 3 日于北京

闹红火

野台子搭在野地里
野男人勾上野妹妹

喜欢谁才先看见谁
人多眼杂,我的秘密
也是你的秘密

管不住嘴的人话多
管不住心的人才会自由
勾上你,这红火闹得才美

锣鼓唢呐丝弦是给耳朵听的
高跷旱船秧歌是给眼睛看的
我不听不看,只在意你抛来的媚眼

一块石头往往坚硬
两块挨着就变得柔软
再多一块比再少一块更加孤单

这是比喻，说给你听我听
就像那么多人和那么多灯盏
我只爱两个人的黑暗……

2015 年 3 月 5 日于北京

稀罕的都是没有的

一对对白鹅水上漂
谁不稀罕咱两个好

云打闪,雷下雨
苦地里青苗不怕坏天气
稀罕的都是没有的
亲呀亲亲！三村五地的灰男人
都眼馋你,闹得我心里耗子窜
一黑夜醒了十几回

没有的都是稀罕的
亲亲呀！我有了你
灰塌塌炕头上点亮一盏灯
晒蔫的瓜秧浇了两瓢还魂水
往死里说,好比刀刃对刀刃
往活里想,等于两个泥人嘴对嘴

尘世上留下个男人爱女人
稀罕谁,就死皮赖脸缠上谁

先纫针后缝衣，我垒墙你和泥

捞饭拌汤一个铁锅里搅

活一遭死一回才算一辈子

亲呀亲！丢了脑袋我还是你的没头鬼

2017 年 1 月 2 日于北京

雪打灯

正月十五雪打灯
是红是白说不清

眼里起雾，心上落霜
下雪的灯笼比平常脸红
管它人前背后吹来什么风
哭不出声就唱，唱不出声就哭
交生交死交命的爱
羞煞天底下轻薄的男人

放羊的哥哥，拾柴禾的妹子
悄悄喜欢就是秘密相好
就是你挎上我，我跟上你
穿着去年的布鞋走向今年的草滩
俩人共披一件从头绿到脚的蓑衣

再多的雪不是银子
愈穷的人愈懂得珍惜
喊一声哥哥，叫一声妹妹

关上两扇柴草大门
我们就不管世间谁做上了皇帝

灰圪泡

箩头系系呀编歪了
眼瞎爱上个灰圪泡

熬煎不过长夜里一盏油灯
心寒哪如眼泪结了冰凌
野蒿草被割了脑袋
镰刀就多了一个催命的冤魂
灰圪泡！闪骗的话拉来一马车
一转身你又贩给另外的女人

欠了银子，终久可以还清
欠了爱，等于心上刻下刀痕
尘世上闪光的东西也是黑暗的东西
谁看见，谁就最先瞎了眼睛

夜里下雪，半黑半白
云彩里埋雷，未雨先阴
忘记的都是记住的，灰圪泡
你是我的毒药、伤口、难医的疾病

也是绊人的路障和阴谋的陷阱

比落叶还轻的是风
比人重的是他的背影
灰圪泡！骂完你俺也寒碜
像白面馍馍上落了一只苍蝇

2017 年 2 月 1 日于兴隆

高圪台

你爱我来我知道
好比老羊疼羊羔

一步比一步高的比喻
等于一阶比一阶低的虚拟
如果走近，高低都会俯就

喜欢是羞涩，爱才会脸红
之间的秘密最好莫说
我需要忍住流泪的理由

纳鞋的手指，跟着你走路
衣袖就会刮风，纽扣也会下雨
一盏灯，一定会耗尽了灯油

如果仰望，先要低头
而呼吸与心跳没有距离
等于你是水井，我是杨柳

高一点的圪台，低一些的阶石
相互依偎，石头也会柔软
天爷爷！唯有爱甘愿把人变成死囚

2017 年 2 月 2 日于兴隆

小爱爱

小米稀粥熬白菜
你是我的小爱爱

没有不湿鞋的流水
没有不吃米粒的麻雀
沙比金子多。愈少才愈闪光
小爱爱！简单的比喻绕来绕去
只为说出你是我最少的金子

我是麻雀，如果你是米粒
你若过河，我是打湿鞋子的流水
世上的麻缠莫过男女相遇
小爱爱！我的心思像一堆干柴
只是等待你伸出点火的手指

葫芦开花生下一扑溜娃娃
毒蛇猛兽也怜惜自己的幼崽

如果蝼蚁守着比它还小的秘密

小爱爱！我的念想不多不少

左边是你，右边是我们的孩子

2017 年 2 月 3 日于兴隆

看红火

三十里土路四十里坡
翻山越岭看呀看红火

把台子搭在野地里
把釉彩涂在脸蛋脑门上
把黑炭旺火、鞭炮点起来
把三村五地大路小路扭起来

三十里地的媳妇四十里坡上的姑娘
爱美爱浪的女人野成六月的花朵
未闻锣鼓先一笑哈
手帕轻扬,拂动漫山川的庄禾

你会听到蝈蝈的谣曲
水一样流过静静的村庄
吐缨的玉米和秀穗的谷子
与背洼里的野烟忧郁地蓝着
哎呀! 放也放不下的乡愁
看一眼,就一辈子背在身上

塬上自古苦旱

忍着活！忍着苦中作乐

抬头看天低头走路

忘掉劳累时又重新劳累

尖锐的谷茬像一句老话儿

忍着疼痛不用多说——

快快盼望孩子

慢慢地一天一天长大……

开镰调

　　　　土里土气唱一声
　　　　谷穗一晌黄了垅

镰声,豆蔓一样爬过田垅
如碎裂的薄冰
单纯的事物大都土里土气
生或死,都不愿出声

新刈的谷茬
削尖天空的鸟叫
旷大的田野浮在风里
随迷离的小径
草垛般回到故乡的黄昏

弯腰走镰,低头拾穗
一粒米小得比天还大
谁认这个死理谁就是亲人
接下来,你会听到这支歌谣
像天远? 像地近? 更像寻找?

唯有匍匐的根

叫你永远想着回家

瞧一眼妹妹想半年

隔一道黄河千里远
瞧一眼妹妹想半年

最远的不是距离
而是愈来愈逼近的相思
哎呀！有一种伤口像眼睛
看见看不见都疼得流泪

余下的路就是一条走了
仿佛迷途的孩子
想哭，又不敢出声
江山上的石头江河里的水
流走与留下的都是无奈

芦花飞白水湄
风雨剥落岩石
难活不过人想人
像温柔的一拳打了你
一直走哇，一直还在原地

如果风铃被风吹远
吹箫时又会七窍流血
妹妹！我想送你一朵花
另一朵剩给自己慢慢凋零

毛眼眼

搂住枕头倒炕沿坐
毛眼眼瞭见小哥哥

把秀发梳成一匹河水
刘海就掀动波浪
毛眼眼像深潭像两个勾魂的小鬼

山在山外山着
水在水外水着
妹子的守望是顽固的石头
等在小哥哥回家的路上

瞭见瞭不见一直瞭着
唯有女人能体会男人的疲乏
你不回来也得回来
抗不住与顺从是一个意思

唉！灰扑扑的路人从窑前走过
喜鹊飞的飞的掉了翅膀

相好的阳婆和月亮生下一不滩星星
哪一个是我的哥哥？
那一个是我的哥哥！

爬山调

爬一道坡坡上一道梁
吼一声酸曲叫一声娘

现在我就在等待了
等待你的燕翅斜进烟柳
你的声音横过深谷,等待
河湾里一不滩滩牛羊和芦苇
现在我就在等待了
你温柔的豆蔓一寸寸爬向我
等待桃花杏花和洗衣裳的石头
你苦难的眼神、咬紧的口唇
都是暗示,沿着三道蓝的河水
一边流淌一边散开枝叶

现在我就在等待了
等待住进你流泪的伤口
绝望里寻求豁达
甜蜜中感受忧愁
以舍生舍死看淡一世黄金

现在我就在等待了
在远离尘嚣的日子里
在低语在独坐在惆怅的日子里
在岩石和火焰沉在水底的日子里

别离引

蹬住圪台扳住门
多留一天行不行

离开故乡水井
先骂该死的咸丰皇帝
二十里铺杨柳三十里店驿站
流走的河水弯回来
再望一眼窑顶上的炊烟

黄河上的大浪杀虎口的风沙
灰漫漫都是断肠的天涯
远行的哥哥
烧酒盅挖米不嫌你穷
要走你就带上我

女人因男人而生
男人为女人而死
赌上生死,最远的路
走在最近的心上

苦日子活在苦盼里

活在扬起放不下的手臂上

当儿子做了父亲

孙子已成了白发苍苍的爷爷

做针线

短针纫长线
补那烂衣衫

极细极柔一抽
杨柳悄悄绿上梢头
鸳鸯像一对补丁
水波一闪,打湿我的衣衫

绣船补帆,描一只蜜蜂
替自己说出喜欢
远离什么便渴望什么
大路小路
延伸在纤细的指尖

女人最温柔的杀伤
是短针长线的连缀
叫人忧郁、无语和跛足
日夜兼程在相思路上

五十年或一百年后
如果我吹响青青柳笛
相信她仍坐在窗前
鬓边那朵花
依然是十八岁的模样

没头鬼

没头鬼媒人长的风箱嘴
把俺爹俺娘拍得没主意

多少人在你的舌尖上滑倒了
"呀"一声跌进深深枯井
老辈子辘轳转呀转
提上来是泪是血？

又涩又红的绢花
歪歪压在你的斜鬓
扬一扬袖口的手帕儿
你笑着转身离去
没有谁在意

贞节牌坊写些石头文字
又冷又硬
挡在路口像还魂的僵尸

缀补丁的针尖扎你

洗衣裳的木杵捶你打你
不疼不痒的河水照旧流着
谁听到回音
谁不知已死过几回

恓惶吟

山转水绕古道长
赶脚人儿好恓惶

走上这条古道
一下子你就八百岁了
人比山孤独比水寂寞
想家不知家在哪里
吼一声,自己听见自己的耳朵

身后的小毛驴蹄音如水
走过多少路就洗去多少路
黄铜项铃悬着——
像担心？更像耐心？

天蓝着,云无所谓白着
野红的山丹花望着你
多么温柔的女人！
你想打尖,歇下来盖一间草棚

打一个盹丢一阵魂
一个人的路越走越长
像鬼影影拽着隔世的缰绳

再唱想亲亲

　　　　想亲亲想得迷了窍
　　　　睡觉不知那颠和倒

一声轻唤,率真地
不施任何脂粉
芬芳的蚕豆花一直蓝一直蓝
忍不住抬头,忍不住寻一行雁
归与不归,你的眼圈就先红了

想起泥土和谷子、水和游鱼
脚总是陷在脚印里
无奈总是远在无奈里
想亲亲想亲亲
无论逆流而上顺流而下
妹妹的眼波都是淹死你的河流

痴情自古不分卑微和伟大
都敢蔑视世上的黄金
你的江东你的退路

山穷水尽时你的柳暗花明

尽管——

千山之外走着的是你

万水之外等着的是她

三哥哥

桃花杏花呀我不爱
单爱三哥哥好人才

口里不说心里更想
纳鞋底针线缀在扣眼上
前半晌的雪下白了后半晌
哈巴狗一叫,疑是敲门的哥哥

一对麻雀在檐头垒窝
公鸡母鸡在场院里亲热
尘世上男女都是冤家
你走我在,好比烧心的蜡烛
在红纱灯笼里泪眼婆娑

桃花杏花开过就谢
再美的眉眼日久也会变色
再好的姻缘风一吹也会错过

远天远地等不来音讯的妹子

捎一封书信没有地址的哥哥

唉！一辆马车两道车辙

轧轧声传来,石头听见也会难过

回口里

十月的大雁朝南飞
刮野鬼人儿甚时回

土坡、沟壑、官道、小径
一搭走哇！西口外风沙追不上了
破衣烂衫的沙蒿，反穿皮袄的灰鬼
拧着一根筋走哇！口里牵魂的
老窝就要到了！就要到了！

很秋很秋的云野，漫开的糜子谷子
和莜麦，窑前老榆树上的鸟窝
一齐逼过来，灰眉土脸的人啊
想哭想喊想死，忍不住流下泪来

灰塌二呼的窑洞还在！羊鞭羊铲还在
熬日子等你的二妹子还在！
沉重的疲惫、无言的伤心一下袭来
抱住自己像抱住亲人

世上的路只有两条:长的、短的
唯有在一个人心上活着
才没有距离！唯有家站在原地
等你归来！一杯水、一粒米
一件寒衣,都穷尽一生的惦记

打酸枣

阳婆上来丈二高
跟上妹妹打酸枣

相跟上走感觉真好
脸红，心跳，有点惊慌
真好，又甜又酸的借口真好

红丢丢酸枣又尖又疼圪针
我心怀鬼胎，想摘怕扎的意思
只有自己心里知道

一圪抓一圪抓酸枣篮篮里装
妹妹说甜，我偏偏说酸
少油没盐的闲话愈说愈跑调了

破上性命日上鬼，想拉手
想亲嘴，心里麻乱像逃荒
憋屈得真想绕着圪梁梁跑三遭

回来的路上谁也没说话
一前一后影子一个大一个小
好像老羊领着小羊羔……

花眼眼

一对对百灵天上飞
花眼眼你要嫁给谁

风在风里吹着
雨在雨里下着
那年的黄河从那年流去
唢呐声里，我是送你的船夫
始终不知你是怎么走的？
麻木的桨橹替一条大河流泪
这病怕是落下了。狗日的
阴雨天！房上瓦片也会裂开伤口

贫穷是一块石头
顽固挡在爱你的路上
招手的杨柳呀隔岸招手
一河的泥沙堵住亲嘴的口唇
谁笑谁哭谁知两个背影变成一个背影
那年的风雨依然吹着下着

天塌了！地陷了！
花眼眼妹子，你是我命里的窟窿
灰势势的老天爷瞎了狗眼
看人穷，看人低，看扁了人心
站在船头，朝天吼了一声
我破衣烂衫，不知该骂哪个皇帝！

走河套

灰麻雀落在电线杆
捎信容易见面面难

比时间长比爱短的
唯有等待。苦到深处的相思
只剩下盐一样白的痴情

猫会叫春,狗爱挠门
刮风听成哥哥归来的足音
房后头的小路走成大路
蓦然回首,小妹妹已两鬓苍苍

近在心里远在他乡
距离,让爱永远走在路上
河套的风从光绪年间吹过来
我听到了这支谣曲
低低、沉沉,雷声一样
抱着火光,又伤口一样裂开
像布满泥沙、石头的河床

突然,我也想深爱一次

也想有人在茅草土舍里等我

疲惫不堪地归来

一盏油灯下的两个背影

多么幸福！多么奢侈！

还有一双为你流泪的眼睛

人想人

孤魂配野鬼
究竟谁想谁

一双鸟儿在树上亲嘴
两只燕子在垒窝衔泥
人生在世的念想愈多愈苦
一行脚印难比形影不离

一杯酒只能独饮
两杯酒也只能独饮
生为相逢，死因离别
爱着的人一旦清醒
肯定已是一个沧桑的老人

我以等待说出爱
以爱倾听一切
以一切记住你
以你过完我的一生

说完这些话我也恶心
想骂娘想吵架想吊打自己
你是谁？谁是你？已经忘记！
满纸谎言像安慰像补丁
像布袋和尚背着一世的虚空

流水引

黄河水长流
跟上哥哥走

河水比喻一匹清愁
流走又流来的涛声里
一条纤绳勒进肩头
妹子,这不该是你走的路哇
三关雨雪,塞上风沙
迷了你的毛眼眼
就瞭不见哥哥的背影啦

回去哇妹子!
不要流泪不要担心
受苦人自古以苦为生
顺风时挂帆逆流时拉纤
水里火里都是一条路
为了活先要赌上死走哇

松手哇回去哇我的妹子呀

河风呀大浪啊挡住我的妹子吧
一程山一程水挣些银钱我就回来啦

回去哇妹子！
回去哇妹子！

揽羊汉

天阴下雨山头上站
想起五哥哥好心酸

经常露宿荒野，经常与寒暑
相伴，经常垂下头吹那支古箫
鞭声指处，草滩、羊只、旷世的孤独
围过来又散开去，一袭蓑衣
经常将风雨披到白霜

叶落花开，你在箫声里老了
郁郁幽幽忆起相好的女人
山高水远的岁月恍如一瞬！
你沿着皱纹回家
唯一的羊鞭做了永久的拐杖

之后的事多么忧伤
聋了，哑了，眼也瞎了
至死仍将那支古箫搂在身旁
一缕青丝系在上面

长长柔柔的在风中飘呀飘

像死不瞑目的怀念、遗憾和绝望!

山圪旯

管毬它马王爷几只眼
挡不住那老子只爱你

花挨花的葫芦，根缠根的马莲
山圪旯里尽长些伤心的草木
不由人的事情愈多活得愈没意思
除了破上命，我还能给你什么
妹子呀！袭人的妹子！

一只牧鞭，给老财放牛放羊
两个窝头，还不够一天的干粮
老天爷从来只管刮风下雨
谁来操心穷人的心病和恓惶
妹子呀！要命的妹子！

丈二高的阳婆给我一顶草帽
漫天星星下，我只有一盏油灯
不公的灰世道！谁听见银子咳嗽
谁都会患上伤风感冒

妹子呀！勾魂的妹子！

石头碰石头也能怀上娃娃
人穷爱也穷了！还不如一只公羊
随便与一只母羊相好
我在山圪旯里野天野地瞎想
妹子呀！你要一直等着我！
没有你，我就什么也没有了！妹子！

哭嫁谣

妹妹无奈嫁了人
丢下哥哥好伤心

溪头菜花黄了蝴蝶
水井是家,炊烟如柳
风尘尘不动的天气
河水悄悄流走

唢呐由山那边吹来
蜿蜒如一条小路
花轿颠呀颠的像得了伤寒
打摆子、发抖不由自己
扯下盖头瞭一眼哥哥
漫坡坡羊群突然变成水淋淋的石头

水走山在,人去情留
叫声哥哥喊一声苦
劈开两半的心只好流血

哥呀！留给你的红兜肚
陪你睡觉,白毛巾与你亲脸
花荷包和你拉手
还有一对鸳鸯枕头陪你说话

哪一天我老了死了,哥呀
这把骨头还是你的
阴间里,我为你生一群小鬼
一齐反了这个害人的世道!

锄禾谣

锄一垅谷子展一展腰
瞭见小妹妹花手巾飘

腰一弯就是一辈子
庄户人的娃娃
永远是垅上的禾苗

天蓝得要命
云白得像新麦面粉
妹妹！你的花手巾就是天上的云彩
为五黄六月送来甘霖

溪水跟卵石说话
锄头替杂乱的野草寻根
坡上的高粱沟底的糜子谷子
妹妹！我们都是山里草木
你一脸红, 我就紧跟着心跳

放下锄头

拿起镰刀天就要凉了
一把谷草烧热窑洞土炕
妹妹！你就坐在土炕中央
这是我的天下和最大的阴谋
只是暂时不敢让你知道

赶山汉

活比死难

路比人远

黄铜铃铛响着

风又远又近吹着

回家的路再长也短

老远听见狗娃子叫了鸡娃子又叫

云野下,黄土坡上

斜阳古柳炊烟近了黄昏

疲惫饥饿比狗更咬人

推开两扇想了又想的院门

只有乱窜的耗子像迎他的亲人

唉!苦人儿做苦营生

恓惶的心没守没落

走过无数条路

始终被一条看不见的路走着

唯一的家在唯一的路上
只要活着就背上走哇
待走近,却又唯一的远了

追魂调

纸包不住火苗
心拦不住相好

我是扁担你是水桶
一前一后相跟上走哇

我是土圪垃你是细雨
好东西又柔软又轻

丝瓜花一开爬上了墙头
你的花香招惹了我的蜜蜂

青草芽上结了一颗露水
你就是我的珍珠

一层窗纸一捅就破
想说的话憋得心里难过

纸包火愈包愈怕

你是火苗我就是灰烬

说到这里就不说了
你就是石头我也要搬你回家

小夜曲

红嘴唇说话黑眼睛听
难活不过女人瞎操心

指关节上数日子芽芽绿了
灯笼边边飘雪脸蛋一下红了
操心的事比伤心的事还要难过
扫净门前积雪,哥哥呀
你从哪条灰尘播土的路上回来?

左心想右心等,肝胆吊着等
治不好的病根好像洗衣的石头
青丝浣纱白首捣衣
只要水还流着,杵声如雨
一捶一击疼啊一上一下空啊

狗咬月亮缺了一个豁口
大雨发水冲破圪楞
三更天的泥沙比沤麻坑还黑
熬油的灯捻子也快瞎了

前生欠钱后世再还
我缺心眼，灰圪桩哥哥
今生今世我就是待见你好
我就跟着你走

纳一双鞋等你
点一盏灯熬你
把一条大路修到你脚下
再不回来！你看你看
大黑狗也会咬断你的鬼腿！

苦情调

好活不过避开冤家
难活不过女人守寡

避开或遇见都是命数
欠债的还钱的只能是冤家
小雪如果下成大雪
炉火越燃烧就会越冷
哎呀！我的心里垒满砖瓦
仿佛走风漏气的补丁
缀满你风寒交加的衣襟

男人是女人的土炕
女人就是炕头上的油灯
你走我在远隔千里
风吹草动的墙上缺了一个人影
清汤寡水的日子再难也过
守着空枕头，女人就不是女人

快些回家哇！刮野鬼的冤家

黑夜过去就是白天
黑发看见白发才是爱情
炊烟升起,阳婆落下
你去打柴我来挑水
只要在一起死都不怕
我们还怕活着吗?

小桃红

　　　　双扇扇门来单扇扇开
　　　　小手手搂住哥哥的怀

杏花覆面,桃花点唇
蛾眉一弯笑出两颗星星
风吹杨柳摆三摆呀
圪颤颤的腰身迷煞人
三村五地的灰人绕着你转
拾翻得我也像丢了魂

葡萄上架生下一嘟噜一嘟噜娃娃
公鸡踩蛋先为母鸡叨来牛蚁圪虫
想为你做甚？愈想愈不知道
管毬它癞蛤蟆吃上吃不上天鹅肉
先下手为强！大不了破上这条贱命
背地旮旯里我斗胆亲了你
哎呀呀！你一流泪我就慌了神
灰眉溜眼跑丢了一双鞋
远远地撂下一个烂背影！

说不清的事情永远说不清
犯下死罪！偏偏听到大赦令
你不怪罪还送来一双牛鼻鼻鞋
里外三新一针一线缝
高兴得我爬上墙头朝天吼——
老子今朝做皇帝下诏书
天下比你好的女人永远不出生！

兰妮子

背洼洼生背洼洼长
苦妮子连在苦根上

总是纳鞋补衣总是挖苦菜
摇纺车数米粒奶孩子
总是跟在鸡鸭身后忘了自己
总是人前笑背转身流泪
总是走一步退两步,弯下眉
想最深的心事;总是忙不完累不死
剪鸳鸯剪喜鹊点亮炕头灯盏
总是河水流走剩下一不滩石头
又沉又重,仿佛她还在那儿洗衣
总是……总是……

天晴了下雨了刮风了
总是白天黑夜熬盼地娃娃长大了
叫一声兰妮子,总是有十个百个一齐应答啊
一样样眉眼一样样苦楚、辛酸和遭遇
总是一样样的女人一样样生死
总是喝着黄河水像生养我们的母亲!

二道圪梁

一样样的路来一样样的马
一样样的朋友想你不想她

头一道圪梁二一道洼
漫坡坡上开满山丹花

爬地虎比不上跳蚂蚱
背影影里歇晌梦见她

紫藤蔓蔓缠着竹篱笆
想摘酸枣又怕圪针扎

蚂蚁有种敢在墙上爬
熊人无胆误了二月八

打开天窗咱们说亮话
只想娶你为我生娃娃

爱人爱得如果没办法

皇帝拦挡我也不尿他

杀头不过那碗大的疤
豁上狗命才敢打天下

大事小事都是一杯茶
喝淡它一生就到了家

灰圪桩

狗撒尿呀驴刨墙
朝天长个灰圪桩

谷糠一样的鬼话,风一吹
就扬;闪骗人的阴点子
雨一下泥糊噜了干净的衣裳
吐信子的蛇盘在黑洞里
闪着阴暗潮湿的贼光
看你? 毯势样子多恶心
驴不啃狗不咬鬼不日的灰圪桩

红萝卜短,白萝卜长
蔓菁缨缨在野地里叫了一声娘
天底下男人有千万
哪一个不比你这灰圪桩强?
穿衣嫁汉只为图个活
左筛右挑瞎了眼
把俺卖给这个无情的狼

摘了桃子还要爬墙头

不啃瓜皮吃瓢瓢

穷得只剩下一件烂皮袄

反穿过来还要假装老财样

溜毯打蛋的二赖子

嘴歪眼瞎,活似阴间的鬼阎王

打烂铁锅推倒墙

过来过去的日子没指望

头一脚出门后一脚跟

打定主意！离了散了没商量

今后就是嫁给石头也愿意

再也不尿你这个灰圪桩

炖羊肉

要炖羊肉先剥葱
要交朋友先交心

石头冷硬，也可以柔软
流泪不一定伤感
可能是忍不住喜欢
经霜的叶子比花耐看

伸手够着的果子不甜
指路的人问路，路已走远
影子与光芒从来只差半步
追赶不上就是距离也是黑暗

眼看见的东西或许掺假
心看见的才是真的
好比小路是大路的错误
走捷径的人才会迷路

哦！要炖羊肉从剥葱开始

要交朋友先从交心开始

干净的泉水藏在深山

好看的女人不一定穿最美的衣衫

你不要我没有的东西

等于给了我珍珠、绸缎和银子

妹子！我是王八吃了秤砣

铁心爱你！即便死也要拉住你的后腿

抓圪九

碰命打彩抓圪九
你情我愿一搭走

水流的方向是低的
爬坡人背后一定是平地
简单的道理有深没浅

雷声闪电在云彩里争吵
大雨大哭小雨小哭
直到下雪，说明相互已经心寒

家贫的人节俭，好女子心善
我是癞皮狗碰命打彩
缠上谁，谁就倒霉麻缠

捞饭要蒸，拌汤要荷包鸡蛋
炝上麻麻花再加上咸盐
有滋辣味才配叫好的茶饭

炕上点灯,火炉里烧炭
冒烟的屋檐下贴窗花、镶玻璃
还要一双手洗那破烂的衣衫

苦日子要熬,好日子靠盼
谁打老婆谁就是一个王八蛋
生下的娃娃没屁眼!

绕弯弯说话好比挖坑坑
谁跌进来谁就是我的猎物
哈!想逃想后悔?已经太晚!

小寡妇

素鞋素袜素衣裳
白脸白手俊模样

续根的韭菜,跛足的拐杖
割了脑袋又接上木头
伤心比伤口哪一个更疼?

流长飞短的是非
房塌梁断和漏风的窟窿
活比死难的日子挨着过哇
一半阳婆一半月亮
还有数不清道不明的星星

熬煎苦,眼泪冷
无言无语咬紧嘴唇
躲不过去就绕着走哇
迎面碰上的都是没头鬼:
灰眉溜眼的老光棍想拉手
不分棱畔的愣头青要亲嘴

溜毯打蛋的二流子一黑夜爬墙头
学狗叫,扔石子,捣大门
添油加醋少不了长舌妇、灰婆姨

唉！听说后来她剃了阴阳头
脸上手上抹了一层泥
一到黑夜坐在男人坟堆旁哭
吓得小村村人们噤了声
后来的后来她死了
留下一处空院子
门前的桃花杏花年年开
只是再也无人采无人摘……

二后生

你爹说你是个瓷疙瘩
三棍子打不出一句话

石头垒墙,骡马拉车
老牛耕地;顽固憨朴的事物
只认死理,拒绝虚头巴脑的东西
你总是端着一只大海碗
一扒拉一呼噜吃饱才放下筷子

有力气的人喜欢粗营生
锄草,砍柴,送粪,驮炭,磨面
不用教不用学,一弯腰一流汗
一样样的日子不用熬盼
就水一样流过去了

你爹说你是瓷疙瘩,没出息
你娘隔三岔五托人为你说媳妇
羞得你躲在柴禾垛里不出来
见了生人熟人都低头

老母鸡一叫，也疑心知道了秘密

鬼晓得！你常常梦见对门的
二妮子，醒来还想睡回去
有事没事绕着人家院墙转
左转三圈右转三圈
绕了多少圈？没有人知道……

大闺女

心里想不如碰上巧
大闺女比那婆姨好

大闺女穿红鞋
咯噔咯噔扭过来

风撩裙裙一圪朵云
好似杨柳摆三摆

壮着贼胆我迎上去
心里猫抓狗咬实难耐

问声小妹从哪来？到哪去？
歇脚打尖我招待

你不言不语先一笑
唇红齿香小脸蛋儿白

失笑得我一下丢了魂

前言不搭后语下不了台

虽然我是个灰眉烂眼赖小子
赖人偏偏怕美挂了彩

梗着脖子撞了一下她
一趔一歪正好丢了一只鞋

哎呀呀！老天饿不死家雀儿
我假装低头帮她捡起来……

赶三句

你不嫌我穷来我不嫌你丑
山药小米搅和起来熬稀粥

穷的养不起一只苍蝇
丑的没人待见
缘分也可以是逼出来的

愈是少的愈是宝贝
饥渴容不得挑拣
逮住的就是需要的东西

两个牛蚁圪虫小得可怜
拉了手亲了口等于相互稀罕
一片叶子下坐了江山

男人下地女人纺线
枕头挨着枕头天天见面
牛郎织女活得不如咱们悠闲

生下男娃就生下媳妇
养个女孩就多了个女婿
寡淡的日子需要滋生咸盐

树杈托着鸟窝下蛋
柴禾的翅膀就是炊烟
离地三尺才能看清这个人间

多一个不多少一个不少
守着活守着死比什么都重要
再也不用看别人的烂眉眼

唱大戏

收罢秋来割罢地
红红火火唱大戏

没有比秋天更昂贵也没有
比粮食更贴心更放心的东西
从下种到关上仓门
只是一次活着的喘息

嘿！野台子搭在野天野地里
开场锣鼓一响好比过节
走三步退两步的戏文是庄户人的
史书，一边叨咕一边辨认是非

红脸忠臣,白脸奸佞
水袖闪出咿咿呀呀的青衣
乡下的悲喜从来简单
为谁流泪？谁就一直不死！

闺女、媳妇、二不愣后生

不尿老理只认弦外之音

借机约会、亲吻,甚至野合

放纵一次! 狗日的世道才有滋味

接下来的日子还是照猫画虎地过哇

还是一只灰毛驴拉着碾子

偶尔想起一两句戏文

埋人的黄土已高过了喉结……

枪崩鬼

罗门道里洒草灰
拦住你个枪崩鬼

好话赖话该信哪个?
俏眉眼烂眉眼该爱哪个?
尘世上的事圪溜拐弯
眼见的多半是虚的假的

驴粪蛋儿表面是光的
破麻包里说不定藏着金子
一念之差,差在贪欲
祸起人心,仿若难医的疾病

甜言蜜语长着咬人的牙齿
绊马坑看上去更像平地
枪崩鬼! 你挖好茅坑等人跳
闪骗得俺糊噜了一身狗屎

白天酗酒,黑夜耍钱

得空儿爬人家小寡妇墙头
地里的谷子烂在地里
一把野火烧成了草灰！

你灰事做绝又不悔改
日子过得只剩两只破碗
怪只怪一时鬼迷心窍
俺失了身！又怀上你的孩子

打定主意散伙吧！
大不了黄花闺女变婆姨
娃娃叫"爹"谁答应？
谁也强过你这个枪崩鬼！

过青台

骑白马呀过青台
妹妹掉了一只鞋

云比白马,雾比青台
云雾里的路是一条缰绳
蹄音咯噔咯噔浮上来落下去
散开漫坡坡草木和羊群

绿绸绸衬衣配上水红红衣裙
骑马的妹妹美如一朵彩云
鸟比树高,她比我高
一路上我偷偷看她
她不理我,只看风景

一只碗只能盛一个人的稀饭
两个枕头相好才会生下娃娃
我心怀鬼胎鬼也知道
为啥妹妹绷着脸那么平静?

心上垒满石头又被搬空
一只木桶悬在不知深浅的水井
七上八下的感觉说不清楚
吊打得我差点丢了半条狗命

老天爷日怪人可怜
妹妹正好掉了一只大红鞋
逮住机会把她扶下马
借茬抱住就亲！老子今天犯王法
谁管谁看谁就瞎眼睛！

生瓜蛋子

稀泥糊不上墙皮
闲话管不住多嘴

呛茬说话横着走路
踢飞石子砸碎人家玻璃
梗着脖子"哼"一声
老远的墙头也簌簌掉泥

躲避、诅咒、闲话加上无奈
好比加盖公章的个人鉴定
村村里的咸人淡事
传久了更是一杯白水

后来的后来,为救一个落水的
孩子,他被水草淤泥沉在湖底
风继续吹风,雨继续下雨
人们继续叫他生瓜蛋子
只是眼睛开始湿润

接下来的事有些迷信
村里人为他娶了一门鬼妻
想在石碑上刻下他的尊姓大名
却怎么也想不起来了……

小亲圪蛋

桃花杏花给人看的
亲圪蛋是叫人亲的

盘丝纽扣对襟花袄
村村里好针线不叫女红
只认巧手手裁缝

不描眉画鬓也不点口唇
海娜花一样本色一样耐看
还有一双毛豆豆会说话眼睛

香椿芽芽炒上鸡蛋
榆钱钱、蒲公英、甜苣菜养人
好茶饭也能勾魂

三春气开墒六月天薅苗
养鸡喂猪捡拾过冬的柴草
一只草帽扣住一辈子的营生

打里照外的手指

知冷知热的红泥火炉

土炕上,你是等我回家的油灯

桃花杏花开过就谢

小亲圪蛋就是毛毛桃

一天三变,愈长愈发袭人

你嫁我,我娶你

我的野心不大也不小

不坐龙廷！只为你敞开柴门

二皮脸

灰老汉呀二皮脸
少羞没臊惹人嫌

人老狗嫌。套上笼头蒙上眼罩
活得不如一只毛驴
推碾拉磨的日子走到黑呀

半张脸吃饭半张脸喘气
没袖子的衣裳只能叫作坎肩
一穗玉米、一个萝卜
东挪西借，不论生熟都是茶饭
而添油加醋的话好比咸话
咸话闲说，挡风耳朵一乍楞
喝一瓢凉水放了半夜响屁

石头瓦渣垒墙，塑料布就是玻璃
曲里拐弯村村里，他是最烂的
房子；走风漏气的事
都是抹在他身上的稀泥

一说爬寡妇墙头摔断了腿
二是捏人家婆姨的脸蛋、屁股
三呢？有影没影的黑锅都得背着

他死了。谁也不知怎么死的
只留下一个小本本
上面记着欠债和借人的东西
出丧那天下着小雨
整个村子像丢了什么一直流泪

吹鼓手

三班子打来两班子吹
喜怒哀乐路上走一回

迎来送往，一只唢呐高过
喉结；人间事有笑有哭
旁观与承受隔着几两白银？

褡裢里的响器和家什
灰毛驴背上的干粮和行李
走了东家再走西家，像无业游民

铜质的声音与竹孔的气息
偶尔动情，技艺的光芒
生出羽翼，掠过十指的阴影

活着的米粒，死去的胎记
被低看的卑微与游走的艺人
反复吹打，反复麻木和迟钝

斜阳古柳,一路上的灰尘
三弯九调的声音传来
仰望者已走过弯腰的一生

好闺女

好闺女呀刚十八
一笑露出小虎牙

我是一个生瓜蛋子
人嫌狗烦的刺蓬圪针
遇见你，偏偏没了脾气

日怪的是那对小虎牙
朝我一笑，像六月下雪
麻乱得心里吃了蜜又撒上咸盐

心里想爱，人变得胆怯
话少，脸红，耳朵老是发热
鬼知道！犯了哪条天机？

朽木生出蘑菇，石头抱住苔藓
一辈子至少爱一次
这是不是潮湿阴暗的秘密？

靠着墙头喝酒壮胆

一出罗门道腿就不听使唤

想见怕见，像挑水闪了扁担

三天只吃一顿茶饭

三黑夜只梦见一张笑脸

丢了魂落下病又无买药的闲钱

刮一刮胡子洗一洗衣衫

小虎牙！我要为你活一回

做一只小羊羔，乖乖卧在你的身边

麻缠鬼

阳婆的影影柴火的灰
偏偏碰上一个麻缠鬼

石头垒墙挡不住风吹
烧窑脱坯溅了一身稀泥
低头躲闪谁抬头又碰见谁

高粱地里套种上黑豆
长出来尽是沙蓬和蒺藜
呸！有刺的都是扎人的东西

大路拐向小路即是岔路
一再犯错一定有一再的借口
麻缠人麻缠事都叫麻缠鬼

假正经是装出来的
鬼心眼呀是藏不住的
朝俺吹口哨是什么意思？

想和俺好，为甚要搅浑洗衣的
河水？打烂俺家的玻璃
老是一副溜毡打蛋的样子？

再不改悔！俺再也不会理你
就说媒就嫁人离你远远的
想捎话？也不给你留下地址！

边走边唱

谁做皇帝我也不尿他
唱曲只为心里解疙瘩

崖畔上的苜蓿塬头下的沙蒿
木讷的镰刀爱上野地里的青草
借你一支歌谣,赶路的大哥
三十里明沙二十里水
我就是五十里路上那只想家的羊羔

阳婆上来丈二那么高
打樱桃的小妹,借你一支歌谣
樱桃好吃树难栽,小曲好唱口难开
把你那毛眼眼瞭过来
我想把柴禾背进你过冬的土窑

借你一支歌谣,陕北的苦荞
我还是当年参军的小米支前的红枣
也是东渡的草鞋南下的担架
留下牵肠挂肚的老纺车

日夜倾听黄河长江咆哮的波涛

天底下的婆姨还数米脂的娇
尘世上的汉子抵不过绥德的好
要解心宽就喊一声信天游
陕北的江南，借你一支歌谣
我就是南泥湾风尘尘不动的秧苗……

在左权听歌

你说扭过就扭过
好脸要配好小伙

正好有一条河水流过来
站在岸边,我就开始等待——

等"亲圪蛋下河洗衣裳"
等羊群吃着一坡青草转过垭口
我正好一眼看见你
"双圪膝跪在石头上"的模样

过了小桥是一段刺篱短墙
这里正适合我胡思乱想——

想"桃花那个红来杏花那个白"
想"把你的好脸扭过来"
我假装是那个破衣烂衫的放羊汉
正好找茬向你讨一碗水解渴

河里的石头望着天上的云彩
不远不近的蝴蝶正好替我飞翔——

飞向"你说扭过就扭过"的窗口
飞向"好脸要配好小伙"的花朵
我的鞭声如果还能追上你的歌声
你的欢喜正好说出我一生的忧伤……

走三边

进了村村住上一夜店
赶上灰毛驴驴走三边

二十里的雷声三十里的闪
五十里风雨路上我走三边

马兰开花说不清楚哪个蓝
炕头一坐就知这里人情暖

二毛毛羊皮缝上个新坎肩
好女人都是汉子贴心的棉

野生的甘草花马池里的盐
苦日子过罢才知道甜和咸

李香香饸饹嫁给王贵的店
有诗做媒总能卖个好价钱

纸剪的花喜鹊窗格格上站

翅膀一乍就晃晕老外的眼

村前的杨柳暗恋着旧河湾
二妹子出国刺绣飞了个远

墙头上跑马你说那有多悬
手机炒股偏偏就是揽羊汉

石头里点灯喊了哑一声难
赶牲灵哥哥坐飞机贩海鲜

如今信天游里世界天地宽
信不信由你反正是我喜欢

碰见你

人里头挑人那是谁
老天爷叫俺碰见你

水碰见石头一定响哩
黑云彩里头才打闪哩

海底的礁石又疼又咸
守着苦水心才会变蓝

一顺顺远去的是杨柳
一不滩滩草木跟上风走

天上的风筝地下的线
不论高低都在心上牵

清清湖水映蓝天
一搭里死活才是缘

露水长大就是海

爱过才知从未有过爱

你烧火来我添柴
灰烬死去我们活下来

两块石头背靠背
还怕老天爷爷风雨吹？！

思思谋谋想娶你

山上的石头江河的水
人走情在苦了一个谁

梦里回家的是你
梦醒离去的是你
没有什么可想的就想你
我的心只好这样半开半闭

山顶上打闪山底下响雷
你就是我双手接住的雨水
十亩谷地里栽活一棵苗
我不爱金银只爱你

船头上下雨船尾边刮风
风雨交加,我们共一条船桅
你若打碎一只杯子
我就是满地尖叫的玻璃

江山上的石头江河里的水

人走情在苦了一个谁？
喊一声南应一声北
酸刺圪针扎心不后悔！

裁最美的云彩给你做嫁妆
编最新的草戒为你做指环
好死赖活相跟上走
我思思谋谋反正要娶你！

伴飞谣

你在前头飞
我在后头追

白云白蓝天蓝
要命的伤心没深浅

逃学的孩子像雨点
大风一来都吹散

懂的多相信的少
只认你是我头上的天

我的耳朵空得像鸟巢
只差听见你呢喃

山上砍柴沟底种田
金银抵不上活命的炊烟

没有你的眼睛我什么也不想看见

没有你的耳朵我什么也拒绝听见

手牵手就是一双翅膀
你飞多远我就跟着飞多远

一个人好比一颗山药蛋
两个人一搭活才是好茶饭

你吃干的我喝稀的
天寒地冻我就是你的柴炭……

死老汉汉

死老汉汉墙根下坐
背上顶着个大罗锅

多像我的父亲。我认你背靠的土墙
佝偻的腰、风烛残年的梦游
熟悉你的垂暮、苦难、迟钝、寂寞
挣扎与不舍;将走未走的等待
是庄严的! 像翻开又合上的一本书
哗哗哗声音里听到旷世的寂静

平静接受好比什么也不再需要!
包括曾经的卑微念想
偶尔翻一下眼皮又耷拉下来
像是藏起仅有的闪电
你与破败土墙还是一样样颜色

哦! 我的父亲! 我的亲人!
生与死只差一口气
活一天算一天等于还在呼吸

阳婆晒着肚皮

说明你是旧的也是新的

谁在意江山、美人、锦衣玉食？
愈贪愈多！谁愈是沉重累赘！
只想够着一滴露水的草芥
守着小和少，就拥有大海的安慰

仿佛还清欠债沉沉睡去
婴儿一样，你还是那么无辜！

过大年

过大年哎响大炮
娃娃抱个大元宝

先包扁食再炸油糕
剪窗花,贴对子,蒸供仙,垒旺火
接财神供土地爷时辰一到
就点灯上香就放麻炮
又憨又精的大闺女小媳妇
红丢丢小嘴对着镜子亲
披红挂绿穿戴得一个比一个袭人

烟酒、糖果、压岁钱、小点心
都是熬年夜的祝福和礼品
一笸箩麻烦子、花生、炒黄豆
谁也不嫌谁围坐一起
推开两扇门,全是一个碗里吃饭的乡邻

闹红火锣鼓从村头响到村尾
踩高跷,跑旱船,扭秧歌,打金钱

都是锄耧、点种、薅苗、割草的人们
一年受死受活换来几天乐呵
要接纳、尽兴，甚至撒野放纵
才算不枉土里刨食的一生！

捡鞭炮、拾烟头的小屁孩
在人群里泥鳅一样窜来窜去
那个满脸拖着长长鼻涕的就是我
还不及大人们的裤裆高
无邪与恶念偶尔也像一双眼睛
看见我随手把鼻涕抹在他们腿上
越想越像昨天发生的事情……

乱弹调

听见大门外唱一声
屹崩崩闪断绣花针

心上有事睡觉就少
心上有人脸蛋一定先红
一个秘密替两个人儿揪心

游魂饿鬼碰上落窝草鸡
孤男寡女的闷雷闪电
像两根火柴睡在干草堆里

树梢上刮风平地里下雨
河水忍不住漫出堤坝
最后抱在一起的还是泥沙

添油加醋少不了闲话
死盯着看多不过一双眼睛
相好就不怕旁人指点背影!

大早起你在门口唱甚咧？
圪崩崩闪断俺的绣花针了
要来就来，一黑夜为你留着门哩

男人最可靠的是肩膀
女人最在意的是贴心
好死赖活，手拉手过它一生！

黑沟沿

苦地里蛤蟆肚朝天
好死呀赖活又一年

我吃过那里的粮食、野菜
喝过那里十六丈深的井水
认得那里的草木、牛羊和坡地
记忆里缺失的东西太多也就太少
除了活下去，世上再无大事

一出水的土坯草屋
两出水的砖墙瓦房
墙头挨着墙头就是依靠
屋前檐后的雨水流在一起
一般高的炊烟都是蓝的

土眉灰脸的亲人们习惯了弯腰
有时是锄头、镰刀，有时是犁杖模样
只有望雨时才抬起头来

渴望总是比绝望多一些的眼睛
藏着生死秘密也看着自己的子孙

我还是你野地里的狗尾巴草
怀抱着尘世最小的籽粒
不能承受之轻更不堪承受之重
虚无而漫漶的风吹来吹去
仿佛索要我今世欠下的黄金……

2018 年 8 月 19 日

捻线线

巧手手呢捻线线
给哥织件毛坎肩

背阴阴的石头长苔藓
心里有事脸上看不见

暗地里想人好比缺盘缠
走的站的腿肚子也发软

针线笸箩箩像女人的江山
缝补连缀自有铁打的刀剪

经线线纬线线只是羊毛的温暖
边捻边织才是十指连心的温暖

领口口镶上水波浪边边
后腰腰绣上远行的白帆

女人的心幂又深又浅
不识水性免不了翻船

金山银山不如好女人值钱
第一眼喜欢要一辈子喜欢

小事大事垒高了的危岩
跳下去才是幸福的深渊

2018 年 8 月 21 日

敬神仙

白馍馍掇上红点点
敬天敬地呀敬神仙

人越穷越要咬紧牙关
心里越要住个神仙
没办法的人只好祈祷平安

无奈的事越多越要顺从
活在死里,越是两手空空
越要护住那熬油的灯盏

白馍馍掇上红点点
匍匐的香火接续头顶的炊烟
尘世间越是难舍越应承受熬煎

忘了的事有时越想越忘
没了爹娘的人离家越来越远
敬过的神灵是否还守着老屋的贫寒

我有草木之渴，乡愁的暗疾

和越老越多越泛滥的伤感

这是我的灰尘！游走在虚妄的人间

2018 年 8 月 31 日

吹鼓手

竹笙皮鼓铜唢呐
响器一吹走东家

两条腿走路哩
一张嘴吃饭哩
我是游民是末流的下三滥
管毬他谁做皇帝谁当了太监

活着是贱民死了是灰鬼
哭笑无常时忘了自己
我做着迎来送往的营生
偶尔悲喜也会悄悄流下泪水

尘世上的看客也是过客
多瞭一眼反而更容易忘记
瞎活瞎乐的人简单而复杂
你看轻他,他才有了重量

走哇,我的响器、手艺、家伙

走哇,我的指节、喉结、七窍和喘息
我是红白事宴的吹鼓手
我没有名字也不要什么名字

2018 年 9 月 1 日

袭人人

糜子高来黑豆低
人里挑人就数你

一不滩滩杨柳刮大风
大路上吹来个袭人人

细溜溜身材曲线线腰
好比莲花初开水上漂

左续摸右续摸瞅端你
酸致的模样没法法比

红丢丢小嘴粉腮腮脸
画也画不出的好眉眼

三春气的燕子衔河泥
光棍汉没窝还不如鬼

有心上前搭上两句话
又怕丢人现眼笑话咱

树背后藏人藏不住心
想要好事还要豁上命

我是青皮谁怕毬个谁
思谋半天还是泄了气

努筋巴力灰势势站起来
走远的路上飘朵花云彩

2018 年 9 月 2 日

劝世说

活着活着老了
老的老的死了

人说世上有不老的神仙
信与不信鬼也没有看见
风来雨去不死的只有妄念

胸中块垒高过喉结则是危岩
平静的流水往往隐藏着波澜
不论寒暖万物皆有自己的深渊

银钱买到的东西还是银钱
心贴心才能续上隔世前缘
名利累人更应穿件干净衣衫

凡事退一步或许看得更远
让别人先走脚下的路才宽

弱者的智慧高于宫殿与王权

展开山水好比合上万物江山
一定要把蚂蚁露水抱在中间
草木有灵拒绝俗世的高低贵贱

萝卜爱上白菜不怕寡淡
活着先要学会海水煮盐
忍住苦咸生死才不是虚线

2018 年 11 月 21 日

甯蔓蔓(代后记)

野葫芦开花甯蔓蔓
你不喜欢呀我喜欢

朝西看不如朝东看
朝别人看不如朝自己看
不追风不媚外不俯仰洋气的颜面

土生土长土里土气的事物
离我近离我亲,土眉土脸样子
怎么瞅端怎么袭人怎么喜欢

东家母鸡跑到西家下蛋
两家房檐下着一样样雨水
一样样受苦人都穿粗布衣衫

雨天递来草帽雪夜背来柴炭
抱团取暖先要敞开衣襟
谁也不嫌谁！都爱贫寒的炊烟

我就是窜蔓蔓的野葫芦
幻想的触须，恣意的花朵
随意爬上左邻右舍的土墙屋檐

这是民间普通的风景
不隐身不退淡也不会走远
像熬油的灯，永远背对着黑暗！

管毬它窗外刮来什么风
我存在我自由我野心
只为结个苦瓜，就不怕再死一遍！

图书在版编目（CIP）数据

我的民谣：小曲一唱解心宽 / 周所同著. — 太原：三晋出版社，2018.12
ISBN 978-7-5457-1795-2

Ⅰ. ①我… Ⅱ. ①周… Ⅲ. ①民谣 – 作品集 – 中国 – 当代 Ⅳ. ①I277.2

中国版本图书馆CIP数据核字(2018)第265210号

我的民谣：小曲一唱解心宽

著　　者：周所同
责任编辑：朱　屹
责任印制：李佳音
装帧设计：方域文化
出版者：山西出版传媒集团·三晋出版社（原山西古籍出版社）
地　　址：太原市建设南路21号
邮　　编：030012
电　　话：0351-4922268（发行中心）
　　　　　0351-4956036（总编室）
　　　　　0351-4922203（印制部）
网　　址：http://www.sjcbs.cn
经销者：新华书店
承印者：山西臣功印刷包装有限公司
开　　本：889mm×1194mm　1/32
印　　张：7
字　　数：160千字
版　　次：2018年12月　第1版
印　　次：2019年3月　第2次印刷
书　　号：ISBN 978-7-5457-1795-2
定　　价：38.00元